L'heure des histoires

C'est le moment où, tandis que l'un regarde les images
et l'autre lit le texte, une relation s'enrichit,
une personnalité se construit, naturellement, durablement.

Pourquoi ? Parce que la lecture partagée est une expérience
irremplaçable, un vrai point de rencontre. Parce qu'elle
développe chez nos enfants la capacité à être attentif,
à écouter, à regarder, à s'exprimer. Elle élargit leur horizon
et accroît leur chance de devenir de bons lecteurs.

Quand ? Tous les jours, le soir, avant de s'endormir,
mais aussi à l'heure de la sieste, pendant les voyages, trajets,
attentes… La lecture partagée permet de retrouver calme
et bonne humeur.

Où ? Là où l'on se sent bien, confortablement installé,
écrans éteints… Dans un espace affectif de confiance
et en s'assurant, bien sûr, que l'enfant voit parfaitement
les illustrations.

Comment ? Avec enthousiasme, sans réticence à lire
« encore une fois » un livre favori, en suscitant l'attention
de l'enfant par le respect du rythme, des temps forts,
de l'intonation.

Traduction d'Anne Krief

ISBN : 978-2-07-508715-5
Titre original : *Melrose and Croc*
Publié pour la première fois en Grande-Bretagne
par HarperCollins Children's Books, Londres, en 2005
© Emma Chichester Clark 2005, pour le texte et les illustrations
© Gallimard Jeunesse 2005, pour la traduction française
2017, pour la présente édition
Numéro d'édition : 320148
Loi n°49-956 du 16 juillet 1949 sur les publications destinées à la jeunesse
Dépôt légal : septembre 2017
Imprimé en France par I.M.E.
Maquette intérieure : Concé Forgia

Emma Chichester Clark

Melrose et Croc

GALLIMARD JEUNESSE

Un jour, c'était juste avant Noël,
un petit crocodile vert, qui portait
une valise, marchait dans une rue animée.
À quelques pas de là, un chien jaune,
qui s'appelait Melrose, rentrait chez lui.

Petit Croc Vert était venu en ville
pour voir le Père Noël au grand magasin.
Il était extrêmement impatient.
Il lut encore une fois le prospectus :

> *Venez voir le Père Noël*
> *aux Galeries Lafête !*
> *Réalisez tous vos rêves !*

« Demain, songea Croc, sera un jour merveilleux. »

Melrose venait, lui aussi, d'arriver en ville.
Il décorait son nouvel appartement.
« J'aimerais bien avoir quelqu'un avec qui le décorer,
se dit-il. J'aimerais bien que quelqu'un d'autre
voie tout cela. »

Il contempla les décorations de l'arbre de Noël.
« Autant les ranger tout de suite, pensa-t-il.
À quoi bon décorer un arbre de Noël
pour moi tout seul ? »

Ce soir-là, Melrose admira la jolie vue de sa fenêtre et soupira :
– C'est Noël... Je devrais être heureux et pourtant je suis triste.

Petit Croc Vert regardait la vaste mer sous les étoiles.
Il était trop excité pour dormir.

Le lendemain matin, Croc se présenta
au grand magasin :
– S'il vous plaît, où pourrais-je trouver le Père Noël ?

– Oh, je crains que vous ne l'ayez manqué,
répondit le directeur. Il était ici la semaine dernière.
Il est très occupé aujourd'hui : c'est ce soir, Noël.
Croc se retint de pleurer devant tout le monde.

« Je suis nul, pensa Croc. Je me suis complètement trompé... et, en plus, me voilà trempé ! »
Petit Croc Vert fondit en larmes ;
peu lui importait à présent.

Melrose n'avait vu ni Croc ni la flaque d'eau.
Il était encore un peu perdu dans cette ville inconnue.
« J'aimerais bien trouver un moyen de me remonter
le moral », souhaita-t-il.

« Et j'aimerais bien aussi trouver un ami. »
Il soupira.
Une dame distribuait des cadeaux.
– Tenez, pour vous et les vôtres,
lui dit-elle avec un sourire.

– Merci, répondit tristement Melrose.

Croc trouva un endroit où s'abriter de la neige. « J'ai été trop bête de venir ici », pensa-t-il tandis qu'une larme tombait sur sa valise.

Quand tout à coup il entendit de la musique,
une jolie musique portée par le vent,
et il décida de la suivre...

Petit Croc Vert oublia tout.
Il s'élança sur la glace, glissa, tourna, virevolta.
Melrose évoluait lui aussi sur la patinoire.
Il filait plus vite que la lumière.
Il se sentait plus léger que l'air.

« Si seulement je pouvais patiner toute la vie ! »
songea Melrose.
« Si seulement je pouvais patiner toute la vie... »
songea Croc.

À droite, à gauche... en avant, en arrière...
de plus en plus vite...
Quand, soudain... BADABOUM!

– Aïe ! s'exclama Melrose.
– Ouille ! s'exclama Croc.
– Je suis vraiment désolé ! s'excusa Croc.
– Non, non, non, c'est moi ! insista Melrose.
Allez, venez, allons prendre un thé.

Au salon de thé, ils se racontèrent tout.
– ... Et maintenant, je n'aurai pas de Noël, conclut Croc.
Melrose eut alors une idée de génie.

– Venez donc fêter Noël avec moi !
Nous allons acheter un sapin et le Père Noël passera !

Croc essuya une dernière larme.
– Cela me ferait très plaisir, dit-il.

Tandis que Melrose préparait le dîner,
Petit Croc Vert décora le sapin.

– Regardez ! s'écria Melrose.
Je vous l'avais bien dit : le voilà !

Le lendemain, c'était le jour de Noël.
- Tous mes rêves se réalisent ! dit Croc.

– Les miens aussi, dit Melrose.
Je voulais un ami et je vous ai trouvé !
– Moi aussi, je vous ai trouvé !
Joyeux Noël, répondit Croc
avec un beau sourire.

Des petits albums
à partager,
de grands moments
à lire ensemble

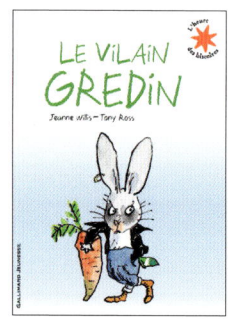

n° 1 *Le vilain gredin*
par Jeanne Willis
et Tony Ross

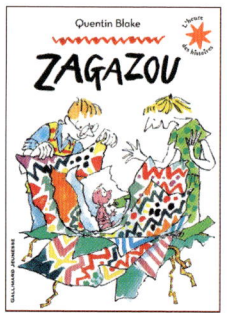

n° 45 *Zagazou*
par Quentin Blake

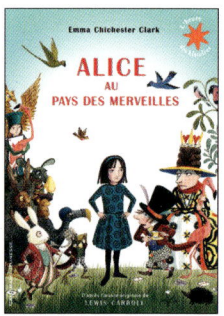

n° 124 *Alice au pays
des merveilles*
par Emma Chichester Clark

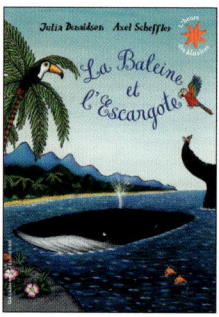

n° 125 *La Baleine
et l'Escargote* par Julia
Donaldson et Axel Scheffler

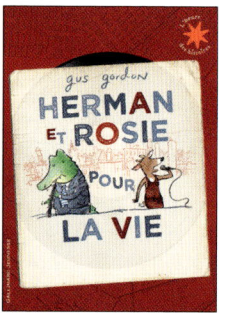

n° 129 *Herman et Rosie*
par Gus Gordon

Plus de 100 titres à découvrir dans la collection

Vous aimerez aussi,
en album
grand format :